Paco y la Bruja

Cuento popular puertorriqueño

ADAPTADO POR Félix Pitre

ILUSTRACIONES DE Christy Hale

TRADUCCIÓN DE Osvaldo Blanco

Lodestar Books

DUTTON   NUEVA YORK

A mi cariñosa esposa, Marion,
y a nuestros dos hijos, Félix III y Brandon,
que nunca se cansan de los cuentos de papá
F.P.

A mi madre, Eunice Sherman Hale
C.H.

También por FÉLIX PITRE
JUAN BOBO AND THE **PIG**
Ilustrado por CHRISTY HALE

Derechos del texto © 1995 por Félix Pitre
Derechos de las ilustraciones © 1995 por Christy Hale
Derechos de la traducción © Penguin Books USA, Inc., 1995

Cataloging-in-publication data
disponible a solicitud del interesado.

Publicado en Estados Unidos de América por Lodestar Books,
filial de Dutton Children's Books,
división de Penguin Books USA Inc.,
375 Hudson Street, Nueva York, N.Y. 10014

Publicado simultáneamente en Canadá por McClelland & Stewart, Toronto

Traducción: Osvaldo Blanco
Editora: Rosemary Brosnan   Diseñadora: Christy Hale
Impreso en Hong Kong
Primera Edición 10 9 8 7 6 5 4 3 2 1

ISBN: 0-525-67514-0

NOTA DEL AUTOR

Hace más de veinte años, cuando empecé a contar cuentos, *Paco y la bruja* se convirtió rápidamente en uno de los preferidos del público. Pura Belpré, una admirable cuentista y escritora puertorriqueña, lo incluyó en su antología *The Tiger and the Rabbit* con el título de "Casi Lampu'a Lentemué". Hace poco tuve la oportunidad de ver sus trabajos en el Centro de Estudios Puertorriqueños de Hunter College de la Ciudad de Nueva York. Esa experiencia me produjo una sensación de afinidad y apreciación hacia una compatriota que nunca llegué a conocer pero con quien me siento espiritualmente en deuda.

Este cuento es mucho más que una versión puertorriqueña de "Rumpelstiltskin", ya que también representa la rica cultura de la isla en donde nací. He desarrollado las relaciones de Paco con su familia y su cultura, agregando también una cotorra y el coquí (la ranita puertorriqueña). Por supuesto, figura también el ominoso bosque, símbolo de la belleza y el misterio de esa tierra exótica en donde mora la bruja que encarna los mitos y ceremonias de los nativos taínos y caribes, con sus rituales de encantamientos y canibalismo.

Al volver a Puerto Rico siendo ya un adulto, habiendo partido a la edad de dos años, y mientras caminaba por una senda de la Cordillera Central en Yauco, me embargó una profunda sensación de ser parte . . . de la gente, de la tierra y sus criaturas, del pasado y el presente, que me llamaban reconociéndome como suyo. Invito al lector a recorrer conmigo esa senda y compartir esta experiencia.

Hace muchos años vivía en la isla de Puerto Rico un muchachito llamado Paco. El niño compartía una casa pequeña, en lo alto de los cerros, con sus padres, hermanas y hermanos. La casa estaba separada del pueblo por un bosque habitado por muchos animales hermosos y salvajes. A los niños les encantaba jugar al borde del bosque, pero, recordando la historia que les contara la abuela, nunca se alejaban demasiado del camino que llevaba al pueblo. La historia trataba de una bruja que vivía en la espesura del bosque y estaba siempre al acecho para secuestrar a cualquier niño imprudente, a quien nadie volvería a ver jamás. Paco pasaba muchas noches sentado a la ventana de su cuarto, contemplando el oscuro bosque y pensando en la historia de su abuela.

Pero hoy no había tiempo para pensar en brujas. Por la
noche habría una fiesta, con numerosos amigos y parientes.
Tío Julio siempre traía su guitarra. Papá cogería entonces su
instrumento favorito, el güiro, una calabaza magníficamente decorada que
colgaba de la pared en la sala, y pronto llenarían el aire de la noche aquellos
aguinaldos, alegres canciones tradicionales de la gente del campo, los jíbaros.

Todo el mundo estaba ocupado preparándose para la fiesta. Paco ayudaba a su madre a hacer pasteles. Picaba guineos verdes mientras ella preparaba el relleno de carne. De repente, ella dejó caer la cuchara y lanzó un grito sofocado:

—¡Ay, no! ¡Me olvidé del turrón que le encargué a Don Santiago!

A Paco le gustaba muchísimo aquel dulce de barquillos y almendras que el señor Santiago, propietario de la bodega del pueblo, traía de España. Sólo alcanzaba a probarlo en ocasiones especiales.

—¡Yo iré por el turrón, Mamá! —se ofreció Paco.

Y luego de escuchar que debía ir derecho al pueblo, sin detenerse en el camino, Paco salió para la bodega de Don Santiago.

El sol en Puerto Rico brilla mucho y es
abrasador. Después de un rato de andar por
el camino, Paco sintió calor y cansancio.
«¡Ay! Será mejor que me siente en esta piedra
a descansar un poco», pensó.

Justo en ese momento, alguien que
había estado parado en silencio detrás de un
árbol echó a caminar pausadamente, cantando:

—Le lo lai, le lo lai . . . Hola, Paco.
¿Cómo estás?

Paco se sorprendió tanto de escuchar
una voz, que saltó de la piedra dando un
grito. Pero al volverse, vio que era . . .

sólo una viejita.

—Hola, ¿cómo está usted? —saludó cortésmente.

—Oh, Paco —dijo ella, en tono preocupado—, pareces tener mucho calor. ¿Por qué no vienes a mi casa a tomar un refresco?

Paco sentía la garganta reseca y pensó: «Me encantaría tomar un refresco, pero mis padres me dijeron que no me detuviera en ninguna parte. Quizás pueda ir y tomar aunque sólo sea un sorbito.

—No nos demoraremos, Paco —dijo la vieja dulcemente, como arrullando.

«Sólo tomaré un sorbo» pensó Paco. Y se internó en el bosque siguiendo a la vieja por un camino con muchos recovecos que llevaba a una pequeña casa. Una vez dentro, Paco no podía dar crédito a sus ojos.

—¡Qué casa más bonita!

La vieja le sirvió a Paco un refresco mientras hablaba consigo misma sin que él pudiera entender lo que decía.

—Muchas gracias —dijo Paco, sosteniendo la taza a la vez que se lamía los labios resecos.

No estaba muy convencido y se preguntó:

—¿Lo tomaré?

Pero estaba tan sediento, y la mujer parecía tan amable . . . que ¡LO TOMÓ!

Paco estaba pensando que el refresco
estaba delicioso y que se sentía mucho mejor
de la garganta, cuando empezó a sentir un ardor
en el estómago que fue aumentando cada vez más
hasta que le hizo doblarse del dolor. De pronto, la vieja
se quitó el mantón bruscamente, descubriendo su feo rostro,
congestionado por la risa, y gritó:

—¡Ahora te tengo en mis manos, Paco! ¡Serás mío para
siempre! ¡Nunca saldrás de este bosque a menos que
logres adivinar mi nombre!

—¡La bruja! —exclamó Paco—.
¡Es la bruja! ¡La abuela tenía razón!
Estaba hechizado por la bruja. Se
le oprimió el corazón, porque presentía
que nunca volvería a su casa. Y se
echó a llorar.

—¡Tienes que trabajar!
—gritó la bruja—. ¡Ve a buscar
leña! ¡Muévete!
Lleno de tristeza, Paco se internó
en el bosque. Mientras cogía la leña,
trató de pensar en un nombre que
fuera adecuado para la bruja.

Entonces oyó a la bruja, que lo llamaba para que volviera a la casa, y como estaba hechizado por ella, tuvo que obedecer.

—Aquí está la leña —anunció dócilmente.

—¡Muy bien! —dijo la bruja, con una risa irónica—. ¿Cuál es mi nombre?

Paco pensó profundamente.

—Bueno —dijo—, ¿podría ser Ester?

—¡Oh, qué nombre tan bonito! —dijo la bruja, dulcemente—. Pero, la respuesta es: ¡Noooooo!

Y se puso a bailar por el cuarto, dando gritos de regocijo.

Poco después, la bruja miró a Paco con una sonrisa desagradable, mostrando una boca sin dientes, y le dijo:

—Ahora quiero que vayas al campo, detrás de la casa, y me traigas gandules para mi guiso. ¡Muévete!

Entristecido, Paco se dirigió al campo y recogió gandules para la bruja. Sabía que tenía que adivinar su nombre, pero ¿cuál podía ser?

—¡Paco! ¡Paco! —chilló la bruja—. ¡Ven aquí en seguida! ¡Ahora mismo!

—Tome —dijo Paco, tratando de contener las lágrimas—. Aquí tiene sus gandules.

—Muy bien, ésta es tu segunda oportunidad. ¿Cuál es mi nombre? —preguntó la bruja con expectación.

—Yo se lo diré —contestó rápidamente Paco—. Es . . . ¡es Catalina!

Esta vez la bruja acercó tanto su rostro al de él que Paco pudo sentir su aliento ardiente y notar el brillo de sus ojos.

—¿Catalina? ¡Qué nombre más dulce! —susurró ella suavemente—. Pero me temo que la respuesta es . . . . ¡nooooooooo! —Y se puso a gritar y a bailar hasta hacer estremecer toda la casa.

Cuando se cansó de bailar, miró a Paco y le dijo:

—Ahora, Paco, te daré la última oportunidad. Ve al río y tráeme agua para poder hacer mi guiso de gandules con carne.

—¿Con carne? —preguntó Paco—. ¿Y dónde va a conseguir la carne para el guiso?

—Ah, esa es una sorpresa, Paco —respondió la bruja maliciosamente—. Lo sabrás después que hayas tenido la última oportunidad. Ahora, ve a buscar agua. ¡Muévete!

Paco cogió un cubo y se encaminó al río. Se sentía tan triste que apenas podía arrastrar las piernas hacia la orilla. Cuando llegó allá, se dejó caer de rodillas y empezó a llorar.

Mientras lloraba, Paco pensó en su casa y en su familia. No le importaba perderse la fiesta o incluso el turrón. Sólo quería estar de regreso en su casa, ayudando a Mamá en la cocina o escuchando a Papá tocar su güiro. Deseaba ver a sus hermanos y hermanas, aun cuando lo molestaran con sus bromas. Paco se daba cuenta de cuán importantes eran estas cosas para él.

En ese mismo momento, por la orilla del río venía paseándose un cangrejo. Se acercó agitando sus pinzas en el aire y cantando alegremente para sí:

—Dai de dai dai. Dai de dai dai.

Al ver a Paco, el cangrejo se detuvo de repente y le preguntó:—Niño, ¿por qué lloras?

—Oh, señor Cangrejo —respondió Paco entre sollozos—, lloro porque una bruja me tiene secuestrado y no me dejará ir a menos que adivine su nombre.

—Oh, ¿eso es todo? —dijo el cangrejo, rascándose la cabeza con una de sus pinzas—. Yo sé cuál es el nombre de la bruja. Pero no le digas que yo te lo dije.

—No se preocupe, no diré nada —exclamó Paco—. Por favor, dígame cuál es el nombre de la bruja.

—Su nombre es . . . ¡Casi Lampu'a . . . Lentemué! —contestó el cangrejo.

—¿Casi Lampu'a Lente . . . quééé? —repitió Paco.

—Casi Lampu'a Lentemué . . . ¡Olé! —cantó el cangrejo.

—Casi Lampu'a Lentemué, ¡Olé! —repitió Paco, sonriendo.

Paco y el cangrejo se pusieron a bailar mientras cantaban el nombre de la bruja una y otra vez.

— Muchas gracias, señor Cangrejo —dijo Paco, estrechando alegremente la pinza del cangrejo.

Cuando volvió a la casa de la bruja, Paco se enfrentó a ella de modo desafiante y le dijo:

—Aquí tiene el agua.

—Bueno, Paco —contestó ella—, ésta es tu última oportunidad. Contéstame, antes de que empiece a hacer el guiso. ¿Cuál es mi nombre?

—Yo sé su nombre —le gritó Paco a la bruja—. Su nombre es Casi Lampu'a . . . eh, este . . . —Paco se esforzó por recordar la última parte, y finalmente se acordó: ¡Lentemué! ¡Olé!

La bruja, que había empezado a bailar y estaba por gritar, miró a Paco con extrañeza. Solamente sus labios se movieron al repetir el nombre:

—Casi Lampu'a Lentemué, ¡oh, noooooooo!

De ese modo, el maleficio quedó roto. Las puertas de la casa se abrieron de golpe y Paco corrió sin parar en dirección a su casa.

—¡Estoy libre! ¡Estoy libre! —gritaba, agitando los brazos.

Pero la bruja estaba furiosa.

Cogió un palo y salió en busca del
que le había dicho su nombre a Paco.

—¿Quiéééééén? ¿Quiéééééén? —gritaba
mientras corría loca por el bosque.

Primero, encontró una cotorra, posada en un flamboyán,
arreglándose con el pico sus hermosas plumas rojas, amarillas y
verdes. La bruja alzó la vista y le dijo:

—¡Cotorra! ¡Cotorra!

¡Los posos de café son borras!

¿Quién le dijo a Paco mi nombre?

La cotorra dejó de arreglarse, miró a la bruja y le dijo:

—Yo sé, yo sé,

el café es café,

¡pero no tengo la culpa yo

si Paco libre quedó!

La bruja se encogió de hombros con disgusto y se encaminó en dirección al río. De pronto, se topó con un coquí, esa rana pequeñita que habita solamente en Puerto Rico. El coquí, acurrucado sobre una hoja, cantaba dulcemente. Esta vez la bruja dijo:

—¡Coquí! ¡Coquí!

¡Semillas de ajonjolí!

¿Quién le dijo a Paco mi nombre?

El coquí dejó de cantar para decir:

—Yo sé, yo sé,

un bebé es un bebé,

¡pero tu nombre cantar

nadie me ha de escuchar!

Se puso tan furiosa que estalló en un grito espantoso.

La bruja siguió su camino hasta llegar al río, donde
encontró un cangrejo, y le dijo:

—¡Cangrejo! ¡Cangrejo!

¡A ese paso, no vas lejos!

¿Quién le dijo a Paco mi nombre?

Y el cangrejo, a quien le encantaban los juegos de
rimas, no se dio cuenta de lo que decía al responder:

—¡Casi! Casi!

Es muy fácil, es muy fácil.

¡Como soy valiente y soy así,

tu nombre a Paco le di!

Tan pronto como las palabras salieron de su boca, el cangrejo comprendió que había cometido una terrible equivocación. La bruja dio un alarido y alzó el palo para darle un golpe. Por fortuna, el cangrejo logró ocultarse bajo una piedra antes de que ella pudiera asestar el golpe.

Esa noche, sentado
junto a la ventana,
en su dormitorio, Paco
contemplaba el bosque, recordando
su aventura. Sus hermanos y hermanas
se negaban a creer lo que les había contado,
pero Paco sabía que era verdad. Y lo era. Porque
aún hoy, en Puerto Rico, si uno va por la orilla del río
y se encuentra un cangrejo, éste ya no se detiene para
conversar. Por el contrario, corre a esconderse bajo
una piedra, porque piensa que vienes de parte de
la bruja para darle por haberle dicho a Paco que
ella se llamaba Casi Lampu'a Lentemué. ¡Olé!